コンピレーション

村野キサラヲ

七月堂

目次

コンピレーション

どちらのわたしでしたか

あなたに手をひかれるフリをしたのは
それはどちらのわたしでしたか
レンアイの真似事は、再履修なので
すこしむずかしいのです

お互いを知ってから手を重ねて
心のないセックスは好まない
本当にそう言えるわたしが
美しいとされているのでしょう
知っているんです

わたしの不足は身体だけ
わたしはヒト科である
あなたが見るわたしは
本当にそう思っているので
美しいとされないのでしょう
知っているんです

都合のいい低気圧で
わたしはあなたの質量に見合うために
ふくらみました
都合のいい寒さがあったから
わたしの過敏になった小さな芽は
この手ですべて摘みとりました

濡れたコンクリートの匂いがする非常階段で

こっそりあなたと口を合わせた
それはかつてのわたしでしたが
それはどちらのわたしでしたか

あなたの触れられたくない大切を守ることが
わたしの触れられたくない大切を守ることだから
などというのは
何も言えずにいた
都合のいいわたしの言い訳で
それはどちらのわたしでしたか

大きなかさぶたの上で

女と男は
あなたはコウノトリに運ばれてきたのよ
と子供たちに教えている

運ばれた赤子たちは
多すぎたので
母に殺された
父に殺された
人に殺された
呼吸のように殺された

運ばれなかった赤子たちは
会うべき人に会えなかったので
女を殺した
男を殺した
人を殺した
呼吸のように殺した

生きるためには殺さなくてはいけない
生きるためには仕方ないことなのです
生きることを許してください
母に、父に、人に、女に、男に、赤子に、
後生ですから、許してください

運ぶコウノトリは殺さなかったし
運ぶコウノトリは殺されなかった

コウノトリは理解しなかった
コウノトリは首をかしげた
その動作には意味も理由もない

生き延びた人々は、せめて踊ろうではないかと口を揃えた
コウノトリは踊らなかった
人々は、かさぶたの上で踊っている
引き剥がすと傷口があることも知らず
大きなかさぶたの上で手を繋いで踊っている

（コウノトリ目コウノトリ科のアフリカハゲコウは、
ハゲワシなどと共に頻繁に屍肉を漁るが、屍骸の他にも、
他の動物の食べ残し、糞便など、なんでも食べる。
水辺でも内陸でも活動し、人間の居住地域近辺、
とくにゴミ捨て場にて活動することも多い。）

コウノトリについばまれ人だった屍肉
溢れた血液、収縮しない血、集まらない血小板、塞がらない傷口
コウノトリは理解している

出血が止まらないわたしが
どんな健康をすれば、止血は早まるのだとうめいたとき
わたしの血を押さえる鍼灸師が言っていた
「自傷行為を繰り返す患者は、鍼を抜くと誰よりも早く血が止まる。
患者は死にたい。身体は生きたい。
自傷行為は健康ではないとされるはずだ。」

屍肉を漁るコウノトリが赤子たちを連れてくる
生き延びる人々はコウノトリを待ちわびている

踊ろうではないかと一人が声をあげた
コウノトリは踊らないがやってくる

そうしてそれでも人々はかさぶたの上で踊っている
引き剥がすと傷口があることも知らず
大きなかさぶたの上で、手を繋いで踊っている

不在者の暴力

小学生のときに、人を殴った。無我夢中に、やたらめったに殴った。きっかけは覚えていない。腹がたつことを言われたのだと思う。何にせよ、殴ったはずだ。そこらにある椅子で殴った。殴られた彼女は、とっさのことに悲鳴もあげずにただ殴られ、ぐったりと怯えた目でこちらを見ていた。気がつくと、血が流れたり、痣がたくさんできたりしていた。たしかに殴ったはずだが、そこらにある椅子でやったものだから、手はザラリとした木の感触しか覚えていない。大きな物音で、きっと先生が来るはずなのに、記憶はひどく曖昧で、次の記憶は、呼び出された母の顔に浮かぶ怯えた目。

殴られた彼女と同じ目なのが、不思議だった。母を殴るつもりはなかったので、微笑んだ。微笑んだのに、なぜこんなことをしたのかと、母の声ではなく、人の声で尋ねられた。

それで、人を殴ってはいけないと知ったが、なぜこんなことをしたのかという問いには、いまだに答えられずにいる。

それからというもの母はこちらを見張るようになった。母を殴るつもりはなかったはずだ。

監視する母は、かつて受験を強要し、知る人のいない私立の中学校に通わせた。

人を殴ってはいけないと知っていたから、殴るかわりに笑うことにした。殴るのと笑うのはほとんど一緒だったが、ときおり蕁麻疹が出て、学校を休んだ。

母は大変心配していた。

ヘラヘラ笑っていると、厄介者と呼ばれていたKに気に入られた。Kのそばで笑っているだけで、Kがなにをしていても、なにに巻き込まれても、K以外のみんなには同情をこめて優しいと言ってもらえた。それが、一番楽だった。

Kはたしかに厄介者だったかもしれないが、怯えた目をしないからそう呼ばれただけだ。ヘラヘラ笑うことを優しいとは言わず、そばでヘラヘラ笑うのを許していた。ほんとうに優しいのはKだった。

Kは、ほんとうのことを知る唯一の友人で、それからは蕁麻疹ができることもなかった。

卒業後、監視する母に耐えかねて、軍人になった。軍人は北海道の寮に入らねばならず、寮から抜け出すこともできない。その生活に同僚が数人首を吊ったが、何が辛いのかわからなかった。家族ができるまでは、この寮で暮らせたので、母の監視からいつまでも逃れられた。軍人といっても、いつか戦地に向かうために訓練を重ねる戦士ではなく、いつか人を殺すための戦闘機を、日がな一日整備している。

そのいつかは来なければいいと思っている。この国には戦争がないから、幸せに暮らせている。

母を殴るつもりはないのだ。

近頃、国の中で暴動のようなものが起きている。それで、戦闘機ではなく、暴動を偵察するためのドローンを修理することになった。

ドローンを操作するのは同僚で、ＶＲゴーグルをつければ、北海道にいたまま東京にドローンを飛ばし、そこにいるように偵察ができた。

東京で暴動が起きるたび、偵察するドローンは壊され、北海道で修理される。

ときどき、東京にいる母が、危ないから軍人をやめなさいと連絡をしてくるが、寮から出ては、また母に監視される。それより北海道にある抜け出せない寮に監視されながら、監視するドローンさえ整備すればよいほうが、よっぽど楽だった。Kに気に入られたのとおなじくらい、楽だった。

ところが、Kは暴動に巻き込まれて死んでしまった。

国で初めての犠牲者だと報道されていた。Kは暴動に参加していない。たまたま通りがかったときに、そこらに落ちていた棍棒で殴られた。Kは唯一の友人だったし、殴るつもりはなかった。母と同じくらいか、それ以上に、殴るつもりはなかった。

それなのに、Kは殴られて死んだ。

当たりどころが悪かっただけだ。

Kの殴られた後頭部は陥没し、昔馴染みの長い黒髪には、血がベッタリと絡みついた。かろうじて顔は殴られなかったが、力一杯の棍棒を受け止めたため、柔らかい肌に赤紫の痣がいくつも血を滲ませて浮かんでいた。確かに開かれた目は、抗えない暴力への恐怖を見つめたまま、動かなかった。

Kは怯えた目で殴られ、死んでしまった。

Kは唯一の友人だった。怯えた目をしなかったから、唯一の友人だった。

Kはあの時殴られた彼女と、それを知った母と同じ目をして殴られ、死んでしまった。

死んだKは、友人であるKではない。

母もKを知っていた。報道を見て、泣きながら軍人を続けるように言った。

Kのような犠牲者を出さないために、軍人であるあなたたちが守らなければならないと。


それでいまも、偵察するドローンの修理をしているわけだ。

ヘラヘラ、ヘラヘラと笑いながら、この国には戦争がないから、ドローンの修理をする軍人として、幸せに暮らしている。いつか戦争が起きたときは、再び人を殺すための戦闘機を整備するのだろう。

そのいつかは、来なければいいと思っている。

彼女も、母も、Kも、ほんとうに殴るつもりはなかったのだ。

かつて「詩を書く少年」だった人

昭和四十五年十一月二十五日、市ヶ谷駐屯地で切腹を遂げた人は、詩人だったのではないだろうか。楯の会、ボディビル、皇国主義。俗人的な行動ばかり取り沙汰されて、今や時代遅れの右翼主義者というレッテルを貼られているが、それこそが皮肉屋だったその人が望んだことだったのかもしれない。昭和二十四年に書き上げられた長編小説『鏡子の家』には「お前は今、全然信じないものを目的にすることができる、という好適の状況にいる筈だ。」という台詞がある。

『鏡子の家』は、掛け替えのない大切な作品だった。

「わが青春のモニユメントを書かうと思つた。一般受けする性質のものではないにせよ、ここには自分のすべてがふりこまれてゐるはずだ」（「『鏡子の家』―わたしの好きなわたしの小説」より）とまで語っていたが、当時の文壇の評判は散々だった。ストーリーの中にドラマがないだとか、人物間の絡みがないだとかで失敗作だと評価された。

その人は、かつて詩人に憧れ、詩を書き、詩人ではなかったと気がつき、詩を書くのを辞め、小説を書いた。「僕は詩人だ。一皮剥けば俗人だ。もう一皮剥けば詩人だ。もう一皮剥けば俗人だ。もう一皮剥けば詩人だ。僕はどこまで剥いても芯のない玉葱だ。」（「盗賊ノオト」より）と語っている。

詩人でも俗人でもなく、実体がないその人にとって、玉葱を玉葱足らしめるものは長編小説の構造だった。彼はそれを用いて詩を書こうとした。それが『鏡子の家』だった。

「鏡子の家」でね、僕そんなことというと恥だけど、あれで皆に非常に解ってほしかったんですよ。それで、自分はいま川の中に赤ん坊を捨てようとしていると、皆とめないのかというんで橋の上に立ってるんですよ。誰もとめに来てくれなかった。それで絶望して川の中に赤ん坊投げこんでそれでもうおしまいですよ、僕はもう。あれはすんだことだ。まだ、逮捕されない。だから今度は逮捕されるようにいろいろやってるんですよ。しかし、その時の文壇の冷たさってなかったんですよ。僕が赤ん坊を捨てようとしてるのに誰もふり向きもしなかった。（中略）それから狂っちゃったんでしょうね、きっと。（昭和四十三年大島渚との対談「ファシストか革命家か」より）

『鏡子の家』は痛切だった。死の直前、マイクも使わずに声を張り上げて自衛隊員たちに語りかけた演説と同じくらい、痛切だった。希望を持っていた。つまらない批判に裏切られた。ノーベル賞を取れなかった。切腹の傷跡は、ヘソを中心に右へ五・五センチ、左へ八・五センチ。深さは四センチあり、左は小腸に達していた。その人の詩は、理解されなかった。読まれなかった。切腹に至るまでに、失望を、孤独を、絶望を味わった。

「それから狂っちゃった」のだ。

（実は私、ヒラオカのキミタケと申しまして、面体お見知りおきのうえ、万事万端、よろしくおたのもうします）

私はね、君たちのポップは一体何色なのか、ということを問いたいんだ。

ええい、うるさい、わからないからって泣くんじゃない。赤子じゃあるまいし、わからないをわかってることが素晴らしいと、ソクラテス先生も言ってただろう？　わかるという者の知識をわからない者が判断するんだ。

え？　それも皮肉だと罵られたら？　お前は何者なのだと言われたらって？　わからないいまま後退し続けるんだ、ひたすらにわからないでいるんだ、そうすると、どうなる、無限だぞ、無限、無限に後退し続けられるんだ、無限になるん…

ええい、うるさい、泣くな、泣くな、静聴せよ。赤子にするように腕を捻り潰してやるぞ。男一匹が、命、まではかけてないが、ともかく、一生懸命訴えているんだ。いいか、ちょっとは聞かないか。

いいかね、私はだね、「○○かしらん」という表現の、「ん」という最後の一文字について、いつも考えている男なんだ。

この「ん」という一文字の必要性が、果たしてあったのかしらん？　あったのかしら？　ではだめだったのかしらん？　この「ん」に、もしかして、世界とつながる秘訣が、あるんじゃないかしらん？　と、君たちに問いたいのだ。

だから！　うるさいぞ、私語をするんじゃない！　意味がわからないだって？　私は今、こんな状況で、君たちに問いかけているのが虚しい、しかしながら、君たちの……

ええい！　静聴せい！　静聴せい！

つまり、しかしながらだね、私は、君たちというもの、つまり、詩人というものを信じたいと思っているから、こうして問いかけているのにだな……

静聴せよ、静聴、静聴せいと言ったらわからんのか！

お前たちにとっての、文学とはなんだ！　言葉とは、ポエジーとはなんだ！　お前らの言葉の一つ一つに、世界がかかっている、と、そこまでではないが、もしかしたら、この地球に、小さな穴、一つくらいは、開けられるかもしれないんだぞ！　革命のための、穴を！　君たちの、使命！　時代を！

お前ら、それでも人間かあ！　それでも人間かあ！…………（涙目で退出）

※昭和四十五年十一月二十五日、市ヶ谷駐屯地にて行われた三島由紀夫の演説を参照しました。その他、安藤武『三島由紀夫「日録」』参照。一九七五年初版　三島由紀夫全集より引用。

ZEN

ZENはマリファナではないか
ZENは世界を見つめる目を増やすではないか
ZENはウィードではないか
ZENをしていると別世界にいる感覚がするではないか
ZENはハッパではないか
ZENをすると心身の調子が整うではないか
ZENはガンジャではないか
ZENは狂気と正気の狭間を綱渡りするではないか

かつて綱渡りをしていた弱い道化師は
後ろから強い道化師に追い立てられて死んでしまった

強い道化師を飛び越えようとして死んだのかもしれない
ともかく、彼の死骸は友の背によって運ばれて大木の虚に埋められた
もう狼の遠吠えに怯えることもないだろう

私の脳味噌は少しだけバグを起こしていて
アドレナリンを人より大量に放出できる
アドレナリンが大量に放出される時に見聞きできるもの
例えば
ひっくり返った天井にいる同僚がひっきりなしに電話をかけ続け、箪笥からは白い手がく
にゃくにゃと蛸の様に蠢き、呼ぶ声は三重奏になり、四重奏になり、たちまちそれらは大
喧嘩を始めて殴り合い
透明なピアノの音に背後から私は追い立てられる
私の脳味噌は少しだけバグを起こしていて
アドレナリン受容体を制御する「エビリファイ」という薬を飲まされる

エビフライのようなとぼけた名前のクスリに私は飲み込まれ、アトムになり
それ以来、いつも誰かがこの頭を斧でかち割ってくれることを待っている
赤い信号機のように脳味噌をはみ出したまま歩いていくのだろう

惜しむらくは「発狂」の二文字、である
世界は淀んだキイロ、キイロは危険のイロ
彼らはキイロを知らず「正気」という正義を振りかざしてエビリファイを毎日飲み続け、
時折「ソラナックス」も飲む（これもまた、とぼけた名前である！）
我々はキイロに汚れる前にホワイトアウト、
すなわち「無限」に逃げ果せなければならない！
あなたの白はもしかして生成ではないか
それだけが私の唯一の懸念事項だ

さて、話は戻ってZENである、ZENの話である
ZENはパケに入れられたカメレオンではないかという話であるが

ZENは目玉が飛び出したバセドウ病の黒い毛むくじゃらの猿が
スルスルと巨大な蜘蛛に姿を変え、
飛び出した八つの目でこちらを見つめ、
三角形によく似た冷たい女が
鯨の潮に吹き上げられ、
地面に叩きつけられ、
粉々になったかと思えば眼球と下顎だけが残され、
やはりこちらを見つめながらハシシと笑っていた
（これらの箇所を脱力していたからかもしれない）

なるほど、これがいわゆるマーラというやつかと納得したが、
やはりZENは狂気と正気の狭間にいる我々の綱渡りだ
そもそも、シッダールタの足は
完璧な扁平足だったと伝えられているではないか

告白

みんなの全ての目にうつる、わたしの全ては嘘だけで
いつも憐んで恨んで羨んでいる
だからこわかったプスプス事件
欠陥を生まれ持った糸目の男は、死刑になりました
欠陥を生まれ持ったわたしは、殺すように断定しました
それなのに、さっさと一人で死ね、とは誰も言わず
わたしが明日も生きるつもりで、みんなはあぐらをかいている

よろしいな！　あんたらは！
それで生きれて、よろしいな！

だから、やったんです
わたしには勇気がありませんでしたから、
やりようはいくらでも知っていましたから、
鋭利な刃物や、殴りやすい鈍器になる言葉ならいくらでも持っていましたから、
右から順番に
とにかく口が臭い（プス）
思慮が足りずに自分ばかり（プス）
金がある家に生まれただけ（プス）
言動に自覚がない（プス）
目の前の問題から逃げ続けて不幸なフリ（プス）
わかってないのに決めつける（プス）
過ちに気がつけない（プス）
老いて思考が弱っている（プス）
シンプルにブス（プス）
言葉の断定は一人当たり三十秒

二十分で四十人を断定したわたしは、
やっぱり糸目の男とおんなじで
抵抗できない弱さばかりを狙いました

ホクホクですな、よろしいな！
あんたら阿呆で、よろしいな！

本当のことを言えば、みんなにはボロンチョンに言われるだろうが、
言うべきことは言わなくてはいけない
本当は、死にたい、うんぬんよりも
金がないこと（プス）
親に恵まれなかったこと（プス）
力がないこと（プス）
馬鹿にされていること（プス）
裏切られたこと（プス）

甘えられなかったこと（プス）
お腹の赤ちゃんを殺されたこと（プス）
等々、生まれ持った不快な思い、辛い境遇をシャットアウトしたかったのです
もう、こうした思いから逃げたかったのです

これで、苦しんだのが間違っているはずだ
わたしの生まれ持った思いが間違っているはずだ
わたしは恵まれているはずだ
いつも憐んで恨んで羨んでいるわたしが間違っているはずだ
「はずだ」と思いこんでも耐えられないことが恥ずかしい、しんどい、逃げたい
という毎度のことは終わりますから、これから何が、と思いますから
わたしは、言葉を選び、こういう人生を生んだのです

※平成十三年六月八日に起きた「附属池田小事件」の犯人、宅間守の手記を引用・参照しました。

めかくし

みずから絶った背中をみないためのめかくしの中で
扁平足に触れる冷たい岩

足の裏の皮膚は固い
冷たい突起物が
足の裏の皮膚を
ぶつりと突破しない

めかくしの中で
頼りなく伸びる手が触れた

すべらかな腹
まるい乳
あたたかい唇
発されることば「放流」

魚は跳ねる
変温動物、さかな

めかくしの中で
コンクリートの階段を
魚の口に放り込む日々に
生臭い声に耐えかねて口をふさぐ
生臭い体に耐えかねて喉をしばる

めかくしの中で

聞こえる羽音

蝿は飛ぶ
変温動物、はえ

食べ物の匂いに惑わされ
なだらかな肩にとまり
両手をこすり合わせる蝿を
見つめる太陽に似たあなた

蝿には耐えられない灼熱
蝿の手足が端からちぢれ
蝿の複眼は熱につぶされ
蝿のからだは吸収されて
蝿は蝿ごと黒点である

めかくしの中で
足の裏の冷えた感触
わたしの重みで
押しつけられる
ゴツゴツとした岩

わたしはさむい
恒温動物、わたし

魚のように跳ねず
蝿のように飛ばず
めかくしをするわたし

それにしても

足の裏の皮膚は固い
冷たい突起物が
足の裏の皮膚を
ぶつりと突破しない

そのとき
皮膚の下では血管がやぶれ
やぶれたところから血液が漏れだし
土踏まず（があるはずのところ）
にジンジンと痛む痣ができていた

性交

それは男女の関係で
ことばの洪水で人を捕まえる君の
ことばを信じきった無邪気な対話は
口にすることで口をふさぐ
あたしそれに気持ちよくえぐられて
君は気分よくことばを吐き出し続ける
それだけでよかったはずなのに
道玄坂
君の足音が滞る
まぶたをきつく閉じたまま
君はことばからはがれ落ちていく

（僕は君を苦しめたくはない、
と自分は思っているが、俺は俺をやめられず、僕は俺をやめられず、自分は俺と僕をやめられない、俺は自分に許されないまま僕をゆさぶり、僕はゆさぶられて俺を恨む、俺は僕を苦しめたくなく、僕は俺と仲良くやっていきたい、と自分は思うので、見ないでください、自分は苦しい、やめて見ないで、僕は苦しい、見るな、俺は苦しい）

底の抜けたことばだけがあふれ続け
つみあげた時間も　とじこめた空間も
ただ乱暴にながされていくのを見つめながら
もっと中を突いてほしいのに
あたしは空腹とか眠気とか
あらゆる不快を思い出す
君は怯えて目をふさいだまま
君だけの五体満足に戻っていく

（あたしも君を苦しめたくはない、
と思っているけど君はそこにいるだけで苦しそうだ、苦しい君がそこにいて、君がいると
あたしはうれしい、苦しそうな君は痛くて苦しくてあたしを拒絶する、生きる痛みを拒絶
する、逃げたくてたまらないが、あたしは君を見る、苦しむ君を見る、君から吐き出され
たことばだった音を見る、そこにいる君を見る）

少しだけ道がずれていた
人がいない道玄坂
君の面の皮をはぎ取って
いつものように肩に触れ
その浅ましさが知りたい

あこちゃん

あこちゃんはバニーガールです
陰毛の剃り跡がぶつぶつ残る股間を網タイツとハイレグで覆って
ヌーブラを使っておっぱいを山盛りにします
男にニヤニヤジロジロたくさん見られます
そうしてお金をもらっています
（私はバニーガールでした）

あこちゃんは援助交際です
スカートとヒールとTバックを履いて
ナチュラルに可愛く見える化粧をします
男のペニスを笑顔で受け入れ、決して否定しません

そうしてお金をもらっています
（私は援助交際でした）

あこちゃんはお金持ちです
男に見られた身体を高級ないい匂いのするボディソープで洗います
男のペニスを咥えた口でほっぺたが落ちるほど美味しい小籠包を食べます
（私はお金持ちでした）

あこちゃんは殺人です
ワガママをいっても泣き叫べば許されてしまう小さなかわいい女の子をナイフでバラバラにして殺しました
かわいいねと囁きながら自分の膣にペニスを挿れ射精してまどろむ男もバラバラにして殺しました
あこちゃんはあこちゃんをしていた私もバラバラにして殺しました
（なんてひどい！）

あこちゃんはヤリマンです
手首を切るようなセックスでうっかり妊娠しました
生まれてきたものはバラバラになった一つ一つの細胞で
あこちゃんは殺人ですから殺そうとしましたが如何せん元からバラバラなので殺しようが
なく、それらは日々分裂し、その細胞それぞれはバラバラにされた私であり私は私たち
となり私たちである細胞は一つずつあいうえおになりabcdになり、。になり!?.になり
「（」）になり私たちである細胞たちは分化して内臓となり骨になり血管になり皮膚にな
り内臓は単語になり骨は文法になり血管は文脈になり皮膚はポエジーになり私であり私た
ちであり細胞であり皮膚であるポエジーは私であり私たちであり細胞である内臓と骨と血
管を覆い尽くしポエジーである皮膚に無数に存在する毛穴から飛び出す私であり私たちで
ある人間を守るための棘のような私である毛は表層の私たちとなり私であり私たちである
人間のようだったものは詩でありそれを生み落とした
あこちゃんは女になれました
（おめでとう！）

土着の女《ひと》

これはわたしの話です。

東大阪の長屋で育ち、お父ちゃんと、お母ちゃんと、年の離れた弟がいました。

お父ちゃんは小さな鉄板工場でシャカリキに働いていましたが、家は貧乏でした。

滑り止めに私立の高校を受けたいというだけでも、お父ちゃんは、女に学はいらんのや、
土下座して覚悟見せてもらわんと受験はさせられへん、と言いました。

お母ちゃんは、心配そうに見ているだけでした。

わたしはお父ちゃんに土下座をしました。


これはわたしの話です。

お父ちゃんは、喫茶店で働くのはハレンチや、とアルバイトも許しませんでした。

お母ちゃんは、女の子は、結婚して、旦那さんが稼げるように家を綺麗にして、ご飯を作

るんが仕事なんやで、とわたしに教えましたが、時折、稼ぎさえあればあんたを連れて離婚するのに、わたしは学がないからそれがでけへんのや、お母ちゃんだけでは、あんたを食わされへんのや、せやから、あんたのために離婚せえへんでお母ちゃんは頑張ってるんやで、と言いました。

わたしは勉強ができませんでした。


これはわたしの話です。

知人の紹介で主人と出会い、支配的で強引なお父ちゃんとは違う東京の優しさに惹かれました。

主人は僕のいびきで君が眠れなくなってしまう、といびきテープを貼っては地鳴りのような轟音のいびきで眠りました。

わたしはその音のおかげで、落ち着いてぐっすりと眠りました。

主人と結婚し、一人で東京にやってきました。

主人はとても優しい人でした。

東京に一人で来たわたしをほうって、仕事と趣味に没頭していました。

寂しさを怒りにすると、主人はとても優しく話の矛盾を指摘しました。
わたしは学がありませんでしたから、
主人に伝わる言葉を持たないのはわたしのせいだと思いました。
誰もいない東京で、誰とも喋ることができなくなりました。

これはわたしの話です。

いざ結婚しても、全く妊娠できず、
検査をすると、正しい排卵が起きていませんでした。

排卵するために、毎月病院に行き、足を大きく広げ、漏斗を刺され、膣と子宮を観察され、
卵巣に直接針を刺されました。

そして排卵予定日を告げられると、セックスをしなければなりません。

主人はたいへん協力的に射精をしました。

子が産めないわたしは罰として、三年間、卵巣に針を刺され続けました。

わたしの卵子は一度も受精せず、わたしは女ではありませんでした。

苦しむわたしを見かねて、子供がいなくてもいいじゃないか、もうこれで最後にしよう、

と主人は言いました。
わたしは妊娠をあきらめきれませんでしたが、
ひさびさに主人が寄り添ってくれていると感じてうれしかった。
最後の治療を終えたあと、わたしは主人とイングランド旅行に行き、
したいセックスをして帰国すると、
わたしは妊娠していました。
身篭った身体は、とても愛おしい。
すくすくと腹は大きくなり、ようやく女になれて、幸せでした。

これはわたしの話です。

二月の雪が降る日に検診にいくと、こりゃ大変だ、予定より早く子宮口が開いている、今すぐ家に帰って入院の準備をして、また来てください、と言われました。

寒い日だったので、温かいものにしようと、買いものをして、クリームシチューを作って
一人で入院しました。

とても難産でした。

三十二時間の陣痛に耐えたあと、娘は帝王切開で生まれました。
生まれた娘は、見えない目でわたしのお乳を求めました。
誰もいない東京で、誰とも喋ることができない東京で、
娘はわたしのお乳を求めました。
わたしは娘にお乳をやりました。
切ったお腹の傷が痛かったので、
娘を小脇に抱えて歩いては、
丸太のように子供を抱くんじゃない、と看護婦さんに怒られました。
初めて求められ、初めて幸せでした。
娘はニコニコしていました。

これはわたしの話です。
主人はあらゆることにこだわりを持つ人でした。
男だから、頑固なのは仕方ないと思っていました。
こだわりは、わたしが泣いても、曲げられることがありません。

主人はそのこだわりを活かして職に就いていましたが、こだわりの強さゆえに職を失いました。

主人はこだわりが強いので、家族がいるのに、娘とわたしがいるのに、家長なのに、働きません。貯金は底を尽きかけていました。

こんなに優しい主人なのに、どんな仕事をしても、守ってやりたいと思えるような家にできない、わたしが悪いのだと思いました。

お父ちゃんは家族を守り通すために、シャカリキに働いていましたので、わたしの実家は、弟を大学に入れてやるくらいの余裕ができていました。

お父ちゃんは、鶴橋の母子家庭の長男で、
片親なんてと後ろ指を刺されて育ちました。

長男だからと高校まで行かせてもらったお父ちゃんは、女手一つでお父ちゃんを育てたお父ちゃんのお母ちゃんを助けるために、
嫁と子供を守るために、小さな鉄板工場で働き続けました。

お母ちゃんは西成の長屋生まれで、八人兄弟の長女でした。

三番目の妹はガリガリの身体を南京虫に噛まれながら栄養失調で死んだそうです。

お母ちゃんは、下の兄弟たちの面倒を見るために、高校に行きませんでした。

お父ちゃんも、お母ちゃんも、自分の家族には後ろ指を刺されるような生活はさせまい、飢えるような生活はさせまい。シャカリキに働きました。


これはわたしの話です。

わたしは、実家の両親に金の無心をしに行きました。

お父ちゃんがシャカリキに働いて貯めた金を借りに行きました。

お母ちゃんは、私らの老後の資金がなくなるやんか、あんたの旦那さんはなんでそんなに稼がれへんのや、あんたはちゃんとやってんのか、と言いました。

もうすぐまとまったお金が入りますから、主人がもっと稼げるように頑張りますから、と土下座して金を借りました。

女に学はいらないと言われ育ったものですから、そんな思いを自分の娘にだけはさせまいと、お母ちゃんに土下座して、娘の進学資金を借りました。


ところが優しい主人は働かず、わたしが土下座して借りた金を食い潰しました。

わたしは学がなくても、働いたことがなくてもできる仕事を探し、ようやく見つけたそれは、老人の糞便にまみれる仕事でした。

働かなくては、娘を進学させるどころか、食べさせてやることもできません。

毎日老人の糞便にまみれ、娘にご飯を食べさせ、教材を買ってやりました。

娘だけが、わたしの生きがいでした。

娘の母は、世界でわたし一人だけでした。

娘がわたしのお乳を求めて泣いた時から、
わたしを肯定してくれるものは、娘だけでした。

娘のためなら、糞便にまみれることはおろか、
命すら投げ出しても惜しくありません。


これはわたしの話です。

娘は、わたしですら知っているような、とても有名な東京の大学に入りました。

大阪の汚く小さな鉄板工場で働くお父ちゃんと、中卒のお母ちゃんを持つわたしからしたら、とんでもないことでした。

娘は女で学がある。

これはわたしの話です。
寝ている主人の首を絞めてしまいそうになるわたしが怖かった。
優しくて言葉が通じない男との生活は限界でした。
殺せば娘が不幸になるので、主人とは離れて暮らすことにしました。
娘にどちらについていくのかと聞くと、父と共に暮らす、と言いました。
愛おしいけれど、学のある娘はだんだんと難しい言葉を使うようになり、
わたしはうまく喋れず、娘が何を考えているのかがわかりません。
主人とは楽しげに話すようでした。
わたしはただ愛を伝えるだけでした。
わたしは娘を養うほど稼げないので、仕方ないと思いました。
わたしは一人で家を出ます。

これはわたしの話です。

娘は徐々に病んでいきました。
わたしも主人と暮らしていると病んでいきましたので、
娘の気持ちはよくわかります。
主人との暮らしがいかにしんどく、
どれほど娘のために頑張って生きてきたかを話しました。
この気持ちをわかってくれるのは、娘だけだと思いました。
娘は病むと、食べられなくなるのだと言うようになりました。
わたしは女で学がないので、娘を養うほどに稼げず、女なのに仕方なく働いているので、
ご飯を作ってやることもできません。
娘も女で、学もあり、アルバイトも許しているのだから、
自分の飯くらい自分で作れば良い、自分の食費くらいは自分で稼げばいいと思います。
娘は、大学を卒業してもろくに働きません。
学があるのに、
教育を受けさせてあげたのに、
わたしと違ってどんな職業でも選べるのに、

なぜ就職をしないのか、わたしには理解ができません。
わたしは、学がない中で、老人の糞便にまみれながら、
ようやく一人で食っていけるだけの収入を得られるようになりました。
娘は、あれもできない、これもできないと理由を並べて、働きません。
こだわりの強い主人にそっくりでした。
働きたくても働けないとも言いましたが、
主人と暮らしていたわたしも、主人を殺そうとするほど病んでいました。
わたしは仕事を見つけ、一人で暮らし始めました。
わたしと違い、学があり、賢い娘がなぜ働けないのか。
働かない娘も、働かない主人も、甘えだとしか思えません。
ですが、
お父ちゃんやお母ちゃんと違って、わたしは娘を許し、自由にさせてやります。
娘は主人と暮らしながらアルバイトをして生活をしていました。
病んでいるからと、アルバイトすら行かないことが多いようです。
娘がいざというときに困らないように、わたしはシャカリキに働き、

娘はますます病んでいきます。
わたしが女で稼げず、娘を連れて出られなかったから娘は病んだのか。
わたしが女なのに家を出て飯を作らなくなったから娘は病んだのか。
娘のことが可愛くて仕方がなかったので、
両親に土下座してでも、
老人の糞便にまみれてでも、
わたしが得られなかった学歴をやりました。
わたしが得られなかった自由をやりました。
主人と暮らすことを選んだのは娘です。
どんなに頑張っても、娘は病んでいきました。
これ以上何を求められているのか、わかりません。
娘はわたしと会うたびに泣きました。
わたしを責めるように泣きました。
愛おしい娘はなぜわたしをこんなに責めるのか。
こんなにも娘を愛して頑張るわたしをなぜ責めるのか。

もうどうしたらいいのかわかりません。

可愛くて仕方のない娘は、ますます病んでいきます。

もうどうしたらいいのかわかりません。


これはわたしの話です。

可愛くて仕方のない娘が、働けず、金がないから、体を売ったと話します。

聞きたくありませんでしたが、聞かなかったことにはできません。

可愛くて仕方のないわたしを肯定する娘は汚れた女になりました。

可愛くて仕方のない娘が、リストカットをしていると話します。

耳を塞ぎたくて仕方ありません。

わたしが傷ひとつないように育てた大切な娘の身体を汚して傷つけて大切にしない娘が許せない。

わたしの大切な娘を汚れた女にした娘は許せない。

思わず、娘を殴っていました。

娘は、あんたがそうやって生きていることがわたしを病ませるのだと母を殴り返しました
何を言っているのかわかりません
娘を守ることだけを考えて必死に生きてきました
可愛くて仕方のない娘だけがわたしの生きがいでした
それなのに、娘は自ら傷つき汚れて、母のせいだとわたしを殴る
何を言っているのかわからない
どうしたらいいですか、頑張りました
わたしは必死に、あなたのためだけに頑張ってきました
もうこれ以上頑張れない
どうしたらいいですか、わかりません、教えてください、あなたのことだけが大切で、
なのにあなたはわたしのせいだと言い、
わたしが死ねばあなたは幸せになりますか
どうしたらあなたは幸せになりますか

わたしが女で、娘も女なのが良くなかったのだ

可愛くて仕方のない娘は、かつてわたしがしたように、母を恨んでいる
可愛くて仕方のない娘は、かつてわたしがしたように、女に学はいらないと育てられ必死
に生きた母をバカにしている
可愛くて仕方のない娘は、わたしと、わたしのお母ちゃんを責めている
娘は、子供を産んでいないからわからないのだ
どれほどわたしたちが娘を愛し、どれほどわたしたちが娘のために生きたかを

可愛くて仕方のない娘にわたしは土下座して泣き叫び
娘は泣き叫ぶわたしを嘲笑いながらわたしの顔を踏みつける

かんにん
かんにんやでお父ちゃん
どこで間違えたんかな
なにがあかんかったんかな
わたしが頑張ったんがあかんかったんかな

やっぱり女に学なんていらんくて
お父ちゃんが言うてたんが、あってたんかな

娘に殴られ足蹴にされながら
お父ちゃんはもうとっくに死んでいて、
東大阪の長屋はもうとっくに崩れていて、
わたしの帰る場所はないことに、ようやく気がついたのでした

手

幹線道路から少し外れて
風が強く吹き荒ぶところ
魚の溺れる水田が捨ててある
わたしは手の実在を確認するため
水田に両手を埋め
魚をすくいあげていく

魚たちは、泥からすくいあげると
すぐに裂けて死んでしまう
陽が沈むよりずっと早く
裂けたところから溢れた粘液が乾いていく

使い捨てるように魚をすくいあげ
使い捨てられるように魚は死んでいく
よく晴れた日だった

汚れない手などないが、泥だらけのわたしは
所在なく吊革をつかむ男に白い目を向けられながら
手を取り戻すため
黄色い列車で帰路に着き
洗面台に向かう
よく晴れた日だった

左手に石鹸をとり　右手に渡して塗りこむ
塗りこみ洗いながすたびに陶器のような手が現れ
まとわりついた重たい泥が排水溝に溜まっていく
左手に石鹸をとり　右手に渡して塗りこむ

塗りこみ洗い流すたびに白魚のような手が生臭く思える
爪を持たない魚は知るよしもないだろう
揃えられた丸い爪では
引っ掻き傷を残すことも、泥を掻き出すこともできずにいる
左手に石鹸をとり　右手に渡して塗りこむ
洗った白く丸い手は
すぐに乾いて、あるべき場所にある

同じ黄色い列車を乗り継いで帰った
吊革をつかんでいた男の手は
洗いすぎで割れていて
ぎこちなく舌をもつれさせるほかに
選択の余地がない
わたしは、その近くに手をおけず
たしかにあるはずの

手の実在を疑っている

※小林真楠「乾癬」を引用、参照しました。

幻肢痛

目を覚ますと、右手の小指が欠けている
あれは八面体のあの子にやったのだ
八面体のあの子は、平らな頬（らしきところ）に、わたしの小指をくっつけて
第二関節のあたりを不器用に曲げたり伸ばしたりして満足げだ
それも動かし慣れたころ、あの子はわたしの頬を突っついて、うれしそうに帰っていった
それはとてもかわいく愛おしく
とてもいびつで醜かった

小指があるはずの場所が痛む
幻肢痛というらしい
死んだ祖父も右手の人差し指がなくて

（若いころ、誤って仕事中に鉄板と一緒に切り落としたそうだ）
五十年経っても、夢では人差し指が生えていて、
まだ感覚が残っていると言っていた
幼いわたしが、人差し指があったはずのところをそろりとさわると
こそばいからやめてーや
と照れ臭そうに笑っていた

どうして君は僕に小指をくれるの？　と執拗に聞いてきたあの子に、
わたしが知る中では、君が一番辺の長さがきっちり揃った八面体だからだよ
と言いかけたのを飲みこんで、
君が欲しいものなら、なんでもあげたいと思うからだよ
と切り落とした小指をくっつけた
八面体のあの子はとても喜んだ
あの子に生えたわたしの指は、とても似合っていなかった

八面体のあの子を喜ばすため、わたしの小指は切り落とされた
小指があるはずの場所がジクジクと痛む
小指がないのはたしかなはずだが
ジクジクと痛む
小指が痛む

それはわたしが望んだことなので、
八面体のあの子を喜ばすためにやったことなので、
祖父の右手の人差し指とは違うので、
どうしたらいいのかもわからず、痛みは耐えるしかない
そのまま動けず夕暮れて、わたしの背中も直線になりかけて、
うずくまって、背中を丸める、必死になって、背中を丸める、膝をかかえて、背中を丸める、大きなたまごのように、背中を丸める、どうか、わたしがあの子になりませんように、
どうか、あの子があの子のままでありますように

それがよかったのか、ないはずの小指がたしかにさわられた
そろそろとなぜるように、ゆっくりと輪郭をたしかめるように、
こわごわと、さすってては離れ、さすっては離れ、
大切なものを壊してしまいそうな臆病なさわり方はきっとあの子で、
こそばいからやめてーや
思わずつぶやくと、朝だった

よく考えてみれば、八面体のあの子がわたしの指を生やしたその時から、あの子はいびつな形になったので、「八面体のあの子」というのは誤った呼び名なのだが、それ以外の名前をわたしは知らない
わたしは小指を失って、あの子は名前を失って、わたしは小指を分け与えて、あの子はあの子でなくなって、わたしは小指を切り落としました
あの子は名前を失って喜んでいた
あの子はあの子でなくなって喜んでいた
いびつで醜くなったあの子はわたしに呼ばれる方法を失ったことにきっと今も気が付いて

いなくて、
わたしはそれを想像するとくるおしいほど愛しくて、
どうか、わたしだったものがあの子になりますように
どうか、あの子が小指を生やしたあの子のままでありますように

それで痛みは消え、小指の第二、第三関節のあたりなら不器用に曲げたり伸ばしたりできる感覚がよみがえったのだが、
どんなに見ても小指はなく、そこには小指の不在がある

せめてここでは酒くらい飲ませてくれ

1人でやっても楽しくないから
ギチギチに縛られた手足をもってこい
ついでに言葉ももってこい
ちゃんと塩を効かせて
青菜とにんにくで炒めたりすれば
アテくらいにはなるだろう
足がなくて飲みに来れないってんなら
タクシー呼ぼうか?

条件反射の神経で
むきだされた敵意におどろいて

揺られ乗り継いだ先に何がある
あたしたちいつも大変お世話になりながら
いろんなところに
お伺いさせていただいちゃって
失礼のない言葉を
使わさせていただいちゃって
ケチョンケチョンに
疲れ果てさせていただいちゃって
老いも若きも
指をなめながら千円札数えてる
それって酒が足りてないんじゃないか?
あの世に金は持ってけないけど
火を灯すのはまっぴらごめんだし
10本の爪を整えてワイン色に塗らさせていただきます
瞼にもCHANELのアイシャドウも塗らさせていただきます

gimme gimme
良き労働者は言い訳をしない
はい
ご確認のほど、どうぞよろしくお願いいたします

吐かないって約束できるなら
酔いつぶれてもかまわない
あたしは爪を折りたくないから
爪の短い大きな男を呼んでこよう
きっとそいつが担いでくれる
たぶんそのときあたしは
600円のPeaceを吸って笑ってる
ねえ　そうするあたしを
贅沢だって罵るなら
この目をまっすぐ見て

何があっても腹いっぱい食わせるよ
って約束してくれない？
空きっ腹にアルコールはよくないし
誓えないなら
薄いグラスに氷をつめてよく冷やして
ツーフィンガーのウイスキー入れて
ソーダをマドラーにつたわせながらそっと注いで
下から持ち上げるように優しく混ぜて
こちら、一杯1,200円になります
テーブルチャージは5,000円になります
なあ　お前はいったい何杯飲んだ？
高すぎるって言われても
あたしほんとは下戸やからね

うまくいくといいね

それは歩道に落ちていた
意思疎通のため躍起になり
伝わらないなら帰らせてくれと
髪を逆立て全身で喚きたてるように居る
あたしはただの通りすがりで
目を覆う器用さがなくて
意味を与える（食べられないという）
かみ砕いた意味を与える（量が多いという）
かみ砕いた意味を少しずつ与える（そんなもんやってられるか）

タールで舌を黄色く染めた

それをおぶりながら
疲れ果て坂を登る足取りをなぞる
どこにいたって窮屈で
道に迷うと時々東京タワーが見えてうれしい
口角を伸ばしてみる
銀座線にゆられて
それが肩にめり込む
寒くなって引っ張り出したセーター
全身がかゆい
どんなにみじめでも
壊れたカメラの記憶は色彩に残らず
ここにいさせてほしいと
無邪気な衝動で
頭をうち続けるそれをあやす
そんなつもりじゃなかったと

泡吹く口を縛る
うるさい騒ぐな
静かに
右の耳から声が聞こえる
あんたが楽しけりゃそれでいいか
左の耳から声が聞こえる
あたしが楽しけりゃそれでいいよ
両耳から音が聞こえる
電車が止まる
三半規管がゆれる
床と天井と壁がくずれる
頬をはたく
ほら　戻っておいで
手をひき立ち上がらせる

こんなことを言っても信じてはもらえんだろうが

たしかに
きみは固有名詞だった
唇のはじを横に大きく伸ばして喉の奥から空気を上顎に
当て破裂させるやいなや声帯を震わせ
上下の唇をキスの温度で触れ合わせて音を切った
せつなに声帯を震わせ
壊したくて挿れたくて優しくして挿れられたくて挿れて挿れられて壊されたい
まあほとんど若者のセックスみたいなもんで
会う前に死んだ人は1番都合がいい
あの人をもっと知りたいと思えば
その人が死ぬのを待たねばならず

きみをもっと知りたいと思えば
きみの来世が先か　あたしの現世が先か
なんてもどかしく媚びてるあいだ
あたし教員免許も　運転免許も英検も
なんの資格も取らなかった　金もない
けど　ちょっとネギを刻むみたいに
子作りくらいしてみようか
かつては固有名詞だったみたいだが
きみが1人増えようと2人増えようと
大した差ではない
手が6本あるのはちょっとうっとうしいが
穴なら3つほどある　探せばもすこしある
だからきみ　そんなちんけなプライドは捨ててもろて
ちょっとネギを刻むみたいに
子作りくらいしてみようか

穴が空いた男

さびしさは人の形をしている
曇りガラスの向こうから、たくさんの穴が空いた男がこちらを見ている
男を待っていたような気がしたが、待っているのはあなたではない
あなたと呼ぶ全ての人を待つことをわたしが選択している
与えられるものを嘆いて、待っている
愛しているか？　と男が聞く
穴のような口は答えられずにいる
男が滲んでいく
滲んでいく男をわかりたい
男は曇りガラスの向こうから見ている

電灯が一つ消えている雨あがりの夜更け
その時だけ鮮明に男を知っていた
彼は肩に触れたものを思いきり殴る
彼は殴らなければいけなかった
通りすがりの人だった
殴られる理由は彼の肩に触れたことだけで
殴られた人の鼻からは大量に血が出た
殴った彼の手には血がこびりついた
血だまりができるほどに出たものを見るわたしたちは大変きもちがいい

わたしは彼の殴った手を握っている
彼は殴った手でわたしを握っている

殴ったことなどなかったように、おそろしい川の音だけが聞こえている
愛しているか？　と男が聞く

殴った拳が愛おしいと穴のような口が答え
穴だらけの男が穴だらけのわたしに唾液を流し込む
飲み下せども
流れてわからなくなる
おそろしい川の音だけが聞こえている
殴った拳がほどかれて、わたしを握りしめる
夜間立ち入り禁止の看板がある橋の向こうに
自販機の灯りに照らされた、おきざりの三輪車があったはずだ

裸のまま煙草を咥え、火をつけると、男は切なく笑って滲んでいく
滲んでいく男をわかりたい
向こうから、男がこちらを見ている
滲んでいく男がわからない
吸い込む煙で身体が満たされた気がしたが

ガラスを曇らせるように、ニコチンに依存した肺を汚しているだけで
求められるものを差し出せないまま、予定された孤独に沈んでいく
支配したいかたちを消せないまま、灰皿がよごれていく
滲んでいく男をわかりたくない

それでも、雨上がりは緑が美しくなるらしい
抜ける青空の下
人にさされた支柱を疑いもせずに巻き込みながら伸びる蔓から花が咲いている
黄色い花が、咲いては落ちる
枯れるまで、咲いては落ちる
花は疑いもせずに陽に向かって黄色く咲く
落ちたものは黄色いまま干からびていく
曇った目には、それが美しいかどうかもわからない
男が向こうから見ている気がする
蝉の声で何も聞こえない晴天の夏

せめて
落ちた花弁を
通りすがりに差し出すくらい
許されていたい

インカレポエトリ叢書XVI

コンピレーション

二〇二二年七月一〇日　発行
著　者　村野 キサラヲ
発行者　知念 明子
発行所　七 月 堂
〒一五四—〇〇二一　東京都世田谷区豪徳寺一—二—七
電　話　〇三—六八〇四—四七八八
FAX　〇三—六八〇四—四七八七
印刷　タイヨー美術印刷
製本　あいずみ製本

Compilation

ISBN978-4-87944-495-0 C0092